Fuerza Aeroespacial

CARLOS DELGADO JANEIRO

Año 2021

1

Fuerzas Aerotransportadas vs Teletransporte

Las fuerzas aerotransportadas han mostrado su utilidad durante los conflictos del siglo XX, aunque en el siglo XXI también se han empleado en ciertas operaciones, como la Segunda Guerra del Golfo.

No obstante, la tecnología podría modificar la forma de desplegarse de estas unidades: el teletransporte puede desplegar a numerosas tropas a cualquier parte del planeta, u otro planeta, de forma instantánea. No se necesitaría una gran flota aérea para transportar divisiones al frente y no serán susceptibles del fuego rival durante el trayecto y el descenso. Serán más difíciles de detectar y podrán operar detrás del frente con contingentes mayores y armamento pesado, como carros de combate y demás vehículos.

Es necesario hacer una evaluación del rol de la caballería aerotransportada y las operaciones de despliegue aerotransportado. Posiblemente requieran de una adaptación tecnológica que deje desfasada el despliegue aéreo de las fuerzas.

Pese a la posibilidad de que las tropas dejen de emplear las fuerzas aéreas como método de transporte, es posible que se mantengan las divisiones aerotransportadas. Claro que habría que cambiar la forma de despliegue. La idea de grandes unidades de unas fuerzas especiales que actúen tras las líneas rivales puede, o tiene, que mantenerse, en cualquier caso, ya que este tipo de operaciones en profundidad tiene un gran potencial en combate, sobre todo si pueden desplegar equipamiento pesado en gran cantidad.

Una evaluación del despliegue de las tropas aerotransportadas es completamente necesario. Mi análisis tratará de argumentar los pros y los contras del despliegue con teletransporte y con medios aerotransportados, aunque adelante que soy proclive al teletransporte como método de despliegue.

Capacidades de Despliegue

Tanto el despliegue con teletransporte como el despliegue con aeronaves tienen limitaciones en cuanto a la capacidad de desplegar unidades:

-Teletransporte: el teletransporte requiere que cada unidad, cada hombre y cada vehículo cuente con una máquina de teletransporte.

Los reabastecimientos también requieren de teletransportes en todo el sector logístico.

Es necesario que las grandes unidades compren, o fabriquen, grandes cantidades de maquinas de teletransporte para el despliegue y la logística.

-Aerotransportadas (caballería aerotransportada, paracaidistas o aerotransportados en general): las unidades aerotransportadas requieren de una enorme flota aérea que permita el transporte.

Es muy necesario, en ocasiones vital, para el cumplimento de los objetivos iniciales que el transporte se haga en un solo desembarco aéreo. De no proceder de este modo el desembarco se vuelve vulnerable, pues solo una parte del personal y el equipo han sido desplegados. En la operación Market Garden no se desplazo a todas las tropas el mismo día y tuvieron que realizar saltos de paracaidistas durante varios días, lo que contribuyo a mejorar la capacidad de reacción de los alemanes, siendo un factor que contribuyo a conseguir el objetivo del puente de Arnhem.

Durante el despliegue de las unidades aerotransportadas se tiene que recorrer, generalmente, un terreno controlado por el rival que puede detectar y destruir las tropas aerotransportadas, mermándolas incluso antes de que lleguen a sus objetivos.

El transporte de un solo salto a todo el contingente favorece a las tropas aerotransportadas.

Las tropas teletransportadas requieren una gran cantidad de maquinas de teletransporte. Pese a ello la ingente cantidad de transporte aéreo requerido para el despliegue de tropas y su continua dependencia del transporte aéreo, por depender logísticamente de él, marca un apartado a favor del teletransporte como método de despliegue.

El teletransporte por poder reubicar a todo el contingente, además de poder trasladar equipamiento pesado con menor dificultad, se convierte en el método de reubicación recomendado por las capacidades de despliegue.

Distancias

Las distancias a las que se reubican las tropas son un elemento a tener en cuenta.

-Aerotransportadas: las distancias de partida desde el aeródromo donde despegan los aviones o helicópteros son vitales, sobre todo cuando el salto no se hace con una sola oleada. Las largas distancias aumentan el tiempo necesario para el despliegue de una segunda oleada de desembarco, lo que es un serio hándicap para los asaltantes.

Las distancias también se ven limitadas por las distancias máximas a las que se pueden desplegar, ya que el combustible no es infinito.

-Tropas Teletransportadas: las tropas teletransportadas no tienen límite de distancia a la que desplegarse y, al llevar todas teletransporte, pueden ser desplegadas en una sola oleada. No obstante, esto último solo será así si las zonas de despliegue son lo suficientemente grandes para las unidades de la ofensiva.

El rango máximo de despliegue y la posibilidad de que se despliegue toda la unidad de una sola vez de una ventaja indiscutible al teletransporte en este apartado.

Lugares de Salto

Los lugares de salto son elegidos por sus características y por el objetivo a cumplir. La elección del lugar de salto puede ser determinante en la batalla, por ello hay que analizar los factores en ambos tipos de despliegue

-Aerotransportada: este tipo de despliegue puede realizarse en las posiciones rivales o en las inmediaciones. Un despliegue en las posiciones rivales es mucho más peligroso que otro realizado en las inmediaciones y, aunque en muchos casos no será recomendable, es factible realizarlo en algunas circunstancias.

Las zonas de despliegue han de estar libres de obstáculos, como árboles o tocones, en el caso de despliegue paracaidista y solo libre de árboles en el caso de caballería aerotransportada.

-Teletransporte: puede realizarse en posiciones rivales y zonas cercanas, pero se requiere que el terreno no presente alteraciones en su nivel desde la última medición realizada. Si se realizan alteraciones en el nivel del suelo (solo ganando nivel) el teletransporte podría causar daños en las unidades teletransportadas al unirse la materia del relieve y la de las unidades desplegadas. Es esencial que la última medición del relieve sea la actual en el despliegue de la unidad, lo que puede ser empleado por las tropas defensoras para destruir y dañar unidades rivales con montículos en las zonas de salto. Esto es una grave desventaja para las unidades teletransportadas.

Las unidades teletransportadas tendrían que evitar que el rival conozca las posiciones de salto, para evitar que modifiquen el relieve. En su lugar poseer una muy buena, y actualizada, información del relieve en la zona elegida para el despliegue

En este apartado esta más equilibrado. No obstante, con una medición correcta del terreno la ventaja podría ser para las tropas aerotransportadas, pues pueden desplegarse sin ser vulnerables en su instantáneo acercamiento a los rivales.

Clima

El clima también es determinante en las operaciones aerotransportadas, pero también puede influir en las operaciones teletransportadas.

-Aerotransportadas: las unidades aéreas están muy influenciadas por el clima, llegando a impedir el despliegue de las unidades aéreas e imposibilitando los saltos de las unidades de paracaidistas y los despliegues de helicópteros u otras unidades aéreas.

-Teletransportadas: las unidades teletransportadas no tienen restricciones de clima, a excepción del que altere el relieve de la zona de salto. La nieve o algún fenómeno atmosférico puede alterar el relieve amontonando materia que dañe las unidades reubicas en zona de salto. Esta es la única restricción de clima que poseen las unidades teletransportadas.

Si hay una correcta medición del nivel que han alcanzado los materiales en la zona de salto se puede reposicionar a las unidades por encima de la capa de nieve o materia.

Este apartado tiene una clara ventaja de las tropas teletransportadas, pues las capacidades de operar en cualquier clima. Únicamente requieren buenas mediciones del relieve para poder desplegarse.

Sorpresa

La sorpresa ha sido un elemento esencial de las tropas aerotransportadas. No obstante, en el futuro no habrá posibilidad de sorprender al rival en una operación aerotransportada, pues la maquina del tiempo, junto con la I.A., serán los medios para tener la información anticipada de lo que va a ocurrir.

-Aerotransportadas: las unidades aerotransportadas de tipo paracaidista o caballería aerotransportada son vulnerables al fuego antiaéreo, además podrían estar esperándoles en la zona de salto con vehículos e infantería que los masacraran antes de tocar tierra.

-Teletransportadas: no son tan vulnerables como las aerotransportadas, su reubicación no los hace vulnerables en el trayecto. No obstante, las zonas de salto pueden ser alteradas por la defensa, lo que significa que es recomendable tener el efecto sorpresa del lugar de salto. También se pueden desplegar en una zona de salto que el rival ya conozca de antemano, pero ello requiere de una medición de la altura del terreno en la operación y de un despliegue de tropas adecuado para hacer frente a un rival que ya conoce los planes de ataque.

En este apartado el teletransporte es mejor que el despliegue aerotransportado. La capacidad de desplegar unidades pesadas y la reubicación, que puede transcurrir sin incidentes siempre que el terreno sea bien medido, permiten una seria ventaja a las tropas teletransportadas.

Las nuevas unidades de propulsión WARP, tanques y demás vehículos, mejoran las posibilidades de reubicación del teletransporte. Con unidades WARP el cambio del relieve no tendría que ser un problema en la mayoría de los casos, pues podrían desplegarse a una cierta altura sin que les afecte el cambio del relieve.

Sitios

Las tropas aerotransportadas, así como cualquier otra que opere detrás de las líneas rivales, puede verse sitiada y, si la misión fracasa, la retirada puede ser compleja, mas para los paracaidistas que para la caballería aerotransportada.

-Aerotransportada: las tropas aerotransportadas pueden abastecerse desde el aire, con mayor o menor suerte (se han dado casos de abastecimientos que han caído en territorio rival). Las aeronaves también han tenido que vérselas con la artillería antiaérea, lo que desgasta a las fuerzas aéreas que podrían estar dando apoyo aéreo por fuego.

Las operaciones detrás de las líneas son arriesgadas y, como el puente de Arnhem, pueden quedar embolsadas y aisladas. En estos casos la retirada es compleja y puede llegar a no ser viable por métodos aéreos, sobre todo si no cuenta con helicópteros. En estos casos la unidad puede acabar como primera división aerotransportada en Arnhem.

-Teletransporte: el teletransporte permite una retirada instantánea de cualquier bolsa en la que se vean sitiados las unidades desplegadas.

El suministro de las tropas puede llevarse a cabo en todo momento, mientras se tenga una zona de salto apta.

Si la misión fracasa podrá retirarse y raramente tendrán carencias de suministros por la acción táctica.

Las tropas teletransportadas muestran serias ventajas en este apartado, incluso más que en otros. La posibilidad de retirarse y abastecerse casi en cualquier situación dan una enorme ventaja al teletransporte.

Valoración Teletransporte vs Aerotransporte

El teletransporte es más versátil y mejor que las operaciones aerotransportadas. No obstante, las operaciones aerotransportadas tienen cierto margen cuando no se conoce el relieve de la zona donde se pretende desplegar a las unidades.

La ventaja del aerotransporte disminuye con el tiempo al añadirse vehículos con propulsión WARP que leviten, lo que les permite desplegarse a una altura prudencial. Pese a ello puede haber zonas con un considerable margen en el relieve que pudiera dificultar su despliegue, más en la infantería que en los vehículos.

Las tropas aerotransportadas podrían quedar absorbidas por las tropas teletransportadas y, pese a la dificultad de la medición del relieve, no creo que se mantenga ninguna unidad aerotransportada.

Infantería de Marina vs Teletransporte

Los despliegues aerotransportados no son los únicos susceptibles de ser modificados por la tecnología. Los marines también son una fuerza que puede ser modificada en su forma de desplegarse, de igual modo que las tropas de aerotransportadas. Por ello les escribo esta evaluación sobre los pro y contras de un tipo de despliegue u otro.

Despliegue y Tiempo Para Desplegarse

Las tropas requieren un tiempo para ser desplegadas y, mientras lo están haciendo, son un blanco vulnerable.

La capacidad de despliegue también es un factor critico para el desarrollo y la planificación del combate.

-Marines: los marines se despliegan lentamente en los asaltos anfibios, teniendo que realizar las lanchas de desembarco múltiples viajes para desplegar grandes unidades. Este tipo de despliegue hace vulnerables a las unidades durante las primeras fases del desembarco, pues entonces están en inferioridad numérica y el asalto puede ser repelido y convertido en una masacre.

La capacidad de transporte depende de la cantidad de lanchas y el tiempo también.

-Teletransportados: el teletransporte permite desplegar pequeñas y grandes unidades de un solo salto coordinado. No obstante, la zona de despliegue ha de ser lo suficientemente grande para ello y hay que evitar que haya una gran aglomeración que sea apta para las armas de destrucción masiva o los ataques de artillería.

El relieve de la zona elegida para el despliegue puede haber sido modificada con montículos de tierra que provoquen la defunción de las unidades al saltar. Es completamente necesario tener los datos actualizados sobre la zona de despliegue seleccionada o podrían perder muchas unidades en el despliegue inicial.

Las tropas teletransportadas también pueden desplegarse en zonas de la retaguardia y no solo en la sangría de las playas. El teletransporte les permite posicionarse en ubicaciones tácticas superiores, como la retaguardia o el flanco, para tener un mayor éxito, y con menos bajas, en la toma de una cabeza de puente.

El teletransporte es superior en el aspecto del despliegue pues es más versátil (puede desplegarse donde quiera como los flancos o la retaguardia).

La capacidad de desplegar a todo el contingente de un solo salto también es una cualidad superior del teletransporte, que, en este apartado, ha superado al despliegue convencional.

Alcance

El alcance de despliegue de las tropas es un elemento esencial a tener en cuenta en la planificación de un ataque.

-Marines: El alcance de las tropas de infantería de marina siempre es limitado, ya sea por el combustible o por lo limitado del mar o el océano que no permite seguir avanzando en tierra. Pese a las limitaciones del combustible se puede crear una flota con un buque que avitualle a las tropas de carburante, lo que aumentaría su radio de acción.

Como solo valoramos el ataque a una zona costera no valoraremos mucho las posibilidades extra que ofrece el teletransporte.

Teletransportados: los teletransportados no tienen alcance máximo de despliegue y no requieren de combustible extra para el despliegue

Este apartado tiene una ligera ventaja a favor de los teletransportados por su versatilidad y el alcance superior.

Sorpresa

La sorpresa es un factor que en el futuro no acaecerá, o lo hará en menor medida. Como ya expliqué con anterioridad la sorpresa disminuye con el correcto uso de la máquina del tiempo.

-Marines: La sorpresa no es tan decisiva como en el caso de los paracaidistas. No obstante, si el rival conoce los planes de desembarco podría llegar a complicar la operación de tal manera que resultase en una masacre.

Pese a ello no hay que contar con la sorpresa, pues la maquina del tiempo permite conocer la fecha y el lugar de la batalla, lo que permite predisponer un operativo defensivo que pueda rechazar el asalto.

-Teletransportados: las tropas teletransportadas también recomiendan tener cierta sorpresa. En su caso se trata de las zonas de despliegue, pues conocer la zona de salto permite alterar el relieve para fusionar la materia de las tropas con las de los montículos, dañando a las tropas antes de poder entrar en combate.

Si el rival conoce la zona de salto y altera el relieve el asaltante tiene que saber que altura tiene cada alteración o podrían sufrir susodichas bajas. Es esencial para las tropas de teletransportados tener mediciones del relieve precisas y recientes si no hay sorpresa.

Si el rival es competente y prepara la zona para la defensa, aunque no se altere el relieve puede haber grandes bajas. No obstante, el ritmo de despliegue de unidades es mucho mayor al de las tropas desembarcadas, pues se pueden desplegar divisiones enteras en un solo salto.

Ambos necesitan cierto grado de sorpresa, que cada vez será más difícil de conseguir. Este apartado está más reñido y no marcaré un ganador, pues en ambos casos la operación puede convertirse en una masacre (aunque las tropas teletransportadas pueden desplegar más volumen de unidades, lo que es un poco más favorable).

Sitios y Suministros

Los suministros son vitales en el conflicto armado, al menos mientras no sepan como producir con la luz la materia que se requiera para abastecer al frente.

En caso de sitio o de embarque la situación es muy delicada y fácilmente puede llevar al desastre a grandes contingentes de tropas.

-Marines: los desplegados en asalto anfibio son vulnerables a ser sitiados o verse obligados a un repliegue en un embarque, que deje material y hombres atrás.

Los suministros que se reciben por las playas también disminuyen el ritmo de refuerzos de tropas aliadas, lo que dificulta el avance de las tropas propias.

-Teletransporte: las tropas teletransportadas pueden saltar en masa si la operación lo requiere, impidiendo ser sitiados. La retirada del teletransporte es más eficiente que la realizada por un embarque, pues no deja material atrás y se puede realizar de forma instantánea.

Este apartado es favorable a las tropas teletransportadas, pues el teletransporte les da una movilidad mucho mayor que les puede salvar de ser destruidas o capturadas.

Lugar de la Operación

El lugar de la operación ha sido nombrado ligeramente en apartados anteriores, pues es esencial en desarrollo y la planificación de la batalla. No obstante, he decidido ponerle un apartado propio.

-Marines: los asaltos anfibios suelen requerir de playas donde desplegarse, pues acantilados u otro tipo de obstáculos dificultarían su progresión y despliegue. En el caso de los acantilados podemos nombrar que se dificulta el uso de vehículos, dejando a la infantería con menos medios para avanzar en el interior de las posiciones rivales (aunque esto puede solventarse con vehículos de propulsión WARP que se desplieguen a cierta altura máxima).

-Teletransportados: los teletransportados pueden desplegarse en cualquier medio y lugar, solo necesitan una medición del suelo actual y, con los vehículos WARP, podrían desplegarse incluso con el terreno alterado.

En este apartado ambos pueden superar sus dificultades, pero podrían necesitar de elementos tecnológicos que podrían no estar disponibles. Sin una zona de salto con el relieve estudiado la ventaja podría ser para los marines. No obstante, si hay un reconocimiento del relieve de la zona de salto la ventaja es de las tropas teletransportadas, incluso sin que los marines tuvieran un acantilado.

Valoración

El transporte anfibio en comparación con el teletransporte es más lento y, generalmente, más peligroso (según la información que se posea del terreno y las capacidades de las tropas a desplegar, como la citada propulsión WARP que se le puede agregar a la infantería).

Mi opinión es que el teletransporte puede dejar anticuado el despliegue anfibio y a la infantería de marina y marines en general.

Es posible que en ciertas circunstancias el despliegue de marines sea una mejor opción. No obstante, creo que el teletransporte se impondrá y el cuerpo de marines se volverá un cuerpo de teletransporte y que las desventajas que pudieran tener los teletransportados serán disminuidas con el uso de más tecnología, volviendo esta fuerza cada vez más versátil y difícil de contrarrestar (incluso cuando se altera el relieve).

Máquina del Tiempo

La maquina del tiempo ha sido empleada para reposicionar tropas, de forma similar al teletransporte. Las tropas desplegadas en un instante pueden reposicionarse en el mismo lugar en otro tiempo, modificando el curso de la batalla en la que intervienen. Este uso ha sido ampliamente realizado en la historia de la Tierra. No obstante, la maquina del tiempo no es un teletransporte y hay diferencias entre ambas maquinas que hace que sea mejor emplearlas en conjunción que de forma separada.

Las maquinas del tiempo no pueden reposicionarse en un lugar que no haya sido conquistado con anterioridad, por lo que la capacidad de despliegue de la maquina del tiempo se vuelve limitado. Los teletransportes pueden reubicarse en cualquier parte sin necesidad de haber estado antes allí. La única pega es el cambio del relieve, que afectaría, incluso en mayor medida, al teletransporte, pues si reubica materia espaciotemporalmente se requiere que el suelo sobre el que se realiza la reubicación sea el mismo, mientras que en el teletransporte solo se requiere el mismo nivel de altura.

La capacidad de reubicación de las tropas equipadas con la maquina del tiempo dependen de su infraestructura y logística, por lo que para desplazar grandes unidades se requiere de diversos días, quizá algún/os mes/es. El teletransporte no requiere de este tiempo adicional para movilizarse y su despliegue es instantáneo, una vez ya se ha planificado y aprobado la operación.

La retirada puede hacerse mediante el salto en el tiempo a un momento en el que se controlen las posiciones y el frente no este en descomposición. Este tipo de retirada es efectiva, pero no tanto como la del teletransporte, ya que puede haber que abandonar material.

El teletransporte tiene que ser usado como complemento para dar una mayor versatilidad a las tropas y no puede ser sustituido por la maquina del tiempo. Esto será cada vez más evidente conforme se avance en la forma de combatir, ya que se requerirán de constantes reubicaciones rápidas en la zona de combate y el teletransporte puede cumplir muy bien esa función, además de las anteriormente nombradas en las que es superior a la máquina del tiempo.

En un aparato posterior podrán leer sobre la importancia que tendrá el teletransporte para la guerra.

Infantería de Marina Espacial vs Teletransporte

Quiero empezar este apartado con ciertos datos sobre la infantería de marina espacial, o marines espaciales:

La infantería de marina espacial suele emplear capsulas de desembarco que cruzan las capas altas de la atmosfera para impactar contra la superficie del planeta objetivo. También se suele aterrizar para desplegar a las tropas, pero en los asaltos espaciales las flotas descargan a las tropas mediante unas capsulas muy resistentes que permiten atravesar las zonas mas calientes de la atmosfera de la Tierra. Este tipo de despliegue se esta quedando anticuado, pues hay tanques que, con la propulsión WARP, pueden desplegarse en el espacio y llevar a las tropas a la superficie del cuerpo celeste objetivo. Los vehículos, que también pueden ser tanques, carros hiperpesados o vehículos de transporte de tropas, pueden moverse en el espacio exterior y en ambiente atmosférico y son el equivalente a los vehículos anfibios de los marines actuales, solo que aplicados al espacio en vez del ambiente anfibio.

Los marines espaciales también contarán con equipamiento de despliegue espacial individual: un exoesqueleto con capacidad de propulsión WARP que les permitirá volar en el espacio y en la atmosfera del cuerpo celeste objetivo, de igual modo que lo harán los vehículos antes nombrados.

Las capacidades de los hombres de la infantería de marina espacial aumentan, junto con su potencia de fuego, si se despliegan con propulsión WARP. La capacidad de volar y el despliegue de vehículos, que también pueden volar, permiten añadir el entorno vertical a los marines espaciales, además de proporcionarles vehículos de despliegue rápido.

En cualquier caso, los marines espaciales humanos suelen contar con genética de combate: tres metros de altura, cerca de 500Kg de peso y equipamiento láser o cinético de tipo relativista (además de otras armas de tiro tenso o de cuerpo a cuerpo como pistolas de antimateria o espadas de plasma). Además de esto suelen contar con armadura (exoesqueleto) que les permite adaptarse a entornos inhabitables para los seres humanos y les da mayor protección y potencia en el combate cuerpo a cuerpo.

Lugar de Desembarco

El lugar del desembarco es muy importante en la planificación de un asalto de marines espaciales. Los marines tienen que elegir un entorno que les sea propicio, para su despliegue y para cumplir sus objetivos iniciales.

-Marines: los marines espaciales no tienen muchas restricciones para elegir una zona de despliegue. No obstante, pueden elegir zonas despejadas para el despliegue espacial (vehículos de propulsión WARP con capacidad de despliegue espacial) y los desplegados por capsulas suelen tener incluso menos hándicaps de despliegue.

-Teletransportados: los teletransportados, como ya han leído, tienen el único inconveniente del relieve de la zona de despliegue. No obstante, con los medios de vehículos con propulsión WARP, el relieve del terreno elegido para el despliegue será menos importante.

El terreno puede ser una incógnita y la reubicación entre mundos puede ser peligrosa. Las posibilidades de que se altere la orbita del cuerpo celeste, de forma natural o provocada, puede convertir un desembarco teletransportado en una masacre. Es imprescindible tener una buena medición de las distancias y el terreno para usar el teletransporte, o se puede llegar a una operación fallida.

Este apartado de una seria ventaja, siempre y cuando no haya buenas mediciones (cosa bastante común en algunas operaciones de este tipo), a las fuerzas de marines espaciales sin teletransporte.

Distancia, Capacidad de Despliegue y Tiempo

Las distancias influyen en la capacidad de despliegue, de forma similar a los medios disponibles (que suelen ser tan limitados que hay que hacer más de un viaje para desplegar a toda la tropa). El tiempo también está influenciado por los dos factores antes nombrados, relacionándose entre ellos, siendo la conjunción determinante para el desarrollo de una operación.

-Marines Espaciales: los marines espaciales están condicionados a los medios de transporte que emplea la flota para su despliegue (vehículos de despliegue espacial y/o capsulas). La capacidad de los vehículos determina la capacidad de despliegue de tropas en un tiempo determinado. Esto puede ser determinante en un desembarco, pues la cabeza de playa espacial es vulnerable en sus inicios, cuando no está totalmente desplegada la unidad. No obstante, suelen tener fuego de apoyo de la flota espacial, aunque no siempre será así, pues habrá batallas en las que la flota se tenga que retirar.

Las distancias afectan al ritmo del desembarco, pues se requiere un tiempo para recorrer las distancias de la nave a la superficie.

-Teletransportados: los teletransportados pueden desplegarse de un solo salto, siendo mucho más rápidos en su despliegue y la distancia permanece como una cuestión superflua con el teletransporte.

En este apartado destaca el despliegue con teletransporte, pues es superior en todos los aspectos al despliegue convencional. Además, el despliegue con teletransporte permite desplegar cualquier material pesado para su uso en la cabeza de puente, mientras que el despliegue convencional se ve limitado a los medios de que dispongo la flota.

Repliegue y Suministros

Las cabezas de playa espaciales son lugares aislados, a excepción del transporte espacial, lo que técnicamente sería similar a una situación de sitio en la que se está rodeado de rivales.

La forma de resolver el suministro es muy importante, de igual modo que un repliegue. Es necesario contar con los medios adecuados para resolver estas situaciones.

-Marines Espaciales: Los suministros de las unidades se desplazan en detrimento del despliegue de los marines, lo que lastra el despliegue. No obstante, las impresoras de luz que crean la materia de la nada empleando la luz pueden servir para generar los pertrechos necesarios para la tropa.

La retirada es una operación difícil, sobre todo si se emplearon capsulas para el despliegue y no se pueden aterrizar naves en la superficie, y si se puede son vulnerables al ataque de las tropas de tierra. En cualquier caso un repliegue con las unidades fijadas es complejo y fácilmente se quedarán rezagados en el cuerpo celeste.

-Teletransportados: las tropas pueden ser replegadas de forma instantánea y a la vez con todo el equipamiento pesado.

El flujo de suministros es instantáneo con el teletransporte, si es que no poseen impresoras de luz para producir el material insitu.

El apartado es muy favorable al despliegue con teletransporte, pues es mucho más versátil que su homologo tradicional.

Valoración

Las tropas de infantería de marina espacial sin teletransporte destacan en la indiferencia en la ubicación del cuerpo celeste, mientras que las tropas teletransportadas se despliegan más rápido y son más versátiles que los homólogos de desplazamiento tradicional.

La posibilidad de que una zona de despliegue no se haya mesurado lo suficiente, o que haya cambios en la órbita, hace que sea prudente mantener cierta sección de marines espaciales no teletransportados en las fuerzas armadas.

El teletransporte es una herramienta muy útil, y no solo para las operaciones antes nombradas. El teletransporte se empleará como una herramienta esencial en el combate que permite un despliegue rápido que favorece la táctica de golpea y desaparece, y repetir la operación.

La táctica de guerra rápida en la que las unidades disparan a un objetivo detectado y acto seguido desaparecen, en segundos o fracciones de segundo, para repetir la operación determina el uso masivo del teletransporte, junto con la máquina de parar el tiempo y la máquina del tiempo. El uso de las 3 maquinas permite un ataque contra rivales detectados, siempre y cuando la coordinación sea eficiente, en cuestión de fracciones de segundo.

El uso de las 3 máquinas será masivo, y los marines espaciales dispondrán de ellas, además de los transportes ya mencionados, pues no siempre se dispondrá de buena información de la zona de despliegue del cuerpo celeste objetivo.

Fuerzas Aéreas y Aeroespaciales

Tipos de Aliens

Las fuerzas aéreas, con la integración de las tropas alienígenas, son muy diferente a como las conocemos en la actualidad y se asemejan, en cierta medida, al combate submarino descrito en el manual de combate "fuerzas espacio-navales".

Las especies alienígenas, en algunos casos, se han adaptado genéticamente para poder volar por ellas mismas, sin necesidad de artefactos. La adaptación genética, a veces, las hace más aptas para el combate en el aire, pero no para el combate terrestre. Las razas que adoptaron una genética para volar tienen una forma de combatir diferente a la de las tropas terrestres por el avance en el eje vertical.

Las razas alienígenas que pueden volar pueden clasificarse en diversos grupos:

-Ovíparas y con Plumaje

Estas razas alienígenas poseen un pico y unas garras que son su adaptación genética a la guerra, igual que su capacidad para volar.

Algunas de estas razas extraterrestres, como las aves de presa, poseen una excelente vista, lo que les permite ver a largas distancias las posiciones rivales y actuar sobre ellas.

Las aves de presa poseen un pico genéticamente diseñado para el combate, igual que las garras de sus extremidades.

-Insectos

Algunas razas de insectos se han adaptado genéticamente para poder volar sin necesidad de artilugios que los sustenten.

Generalmente poseerán más adaptaciones genéticas, sobre todo para el combate, como colmillos o garras, además del exoesqueleto natural que los protege frente a algunas armas blancas u otros ataques.

-Murciégalos

Los murciélagos podrían provenir de los tiempos oscuros, donde no hay mucha luz para poder ver.

Estas razas adaptadas a la oscuridad probablemente crearon su mundo para que estuviera en la penumbra y se diseñaron genéticamente conforme al planeta que crearon para ellos.

Tienen como adaptación genética a la guerra un sonar acústico que les permite detectar unidades en el aire al rebotar las ondas sonoras sobre los cuerpos de los rivales.

La ingeniería genética también los dota de colmillos que les permiten perforar carne y tejidos blandos.

-Seres Humanos

Aunque los seres humanos no poseemos alas estas se pueden agregar genéticamente a los cuerpos especiales de la raza humana.

La religión aseguró que algunos seres humanos poseían alas y podían volar, es deducible que se introdujeran cambios genéticos para ello. A los seres humanos que podían colar se les llamo ángeles. Es posible que se creen algunas unidades de infantería ligera adaptada para poder volar como unidad militar.

Clima

Hay razas aladas adaptadas a entornos fríos, cálidos o tibios. La adaptación genética a un entorno provoca que el planeta de origen del que parten sea del mismo tipo de clima que el de la adaptación, esto es así ya que las razas alienígenas crean su entorno y lo amoldan a su ADN.

El clima es importante en las operaciones, ya sean aéreas, navales o terrestres, por lo que hay que tenerlo en cuenta en la planificación de la batalla.

El clima puede ser alterado por elementos físicos o químicos que permitan el control del entorno. El clima controlado ha de aprovechar las fortalezas propias y explotar las debilidades rivales para obtener un mejor rendimiento en combate, y el caso del clima no es diferente.

Tornados y Huracanes

Los fenómenos atmosféricos de este tipo son potencialmente negadores de área para las fuerzas aéreas, sobre todo para las operaciones aéreas que se realicen por adaptación genética y no por maquinaria. Las tropas aéreas como las aves alienígenas no podrán volar con este tipo de eventos, aunque hay maquinaria que podría volar en la región afectada.

La creación de eventos atmosféricos de este tipo sirve como elementos de negación de área para el vuelo biológico de las tropas aéreas. Generalmente se pueden emplear para arrollar a unidades en defensa, avanzando detrás del evento atmosférico, o para detener un evento ofensivo, obligando a las tropas atacantes a retirarse de la zona por la negación de área.

Corrientes de Aire

Generalmente suelen haber corrientes de aire en ciertas regiones de la atmosfera que permiten volar más rápido o más lento, según sea a contra dirección o en el mismo sentido.

Las corrientes también pueden crearse y pueden servir para mermar la capacidad de las tropas rivales, además de cansarlas, o para acelerar a las tropas propias.

Frio, Cálido y tibio

La temperatura de la atmosfera puede ser modificada, sobre todo en una región concreta. La modificación de la temperatura de una región tiene como objetivo mermar las capacidades genéticas y tecnológicas rivales con un entorno para el que están menos adaptados, y teniendo en cuenta la adaptación genético-tecnológica propia.

Tecnologías

Las tecnologías de las especies aladas son similares a las tecnologías del resto de razas que habitan la superficie y no pueden volar.

Las armas pueden ser de tiro tenso o balístico. Las armas láser, de propulsión electromagnética (la electromagnética* y la láser** también pueden ser balísticas) o de antimateria son de tipo tenso (en línea recta).

*Las armas electromagnéticas que generan cinética con el electromagnetismo pueden usarse como tiro tenso o como tiro balístico dependiendo de su angulación de disparo y la cinética alcanzada. Las armas cinéticas electromagnéticas pueden disparar proyectiles a velocidades relativistas que podrían escapar de la atracción de la Tierra, pudiendo ser armas anti espaciales.

Estas armas también pueden emplearse para ataques de ángulo 0 como contracarro o antiaéreas, además de antiespaciales.

**Las armas láser o armas de fotones pueden ser balísticas si hay una reflexión en las capas de la atmosfera. Para ello la atmosfera tienen que tener unas cualidades especificas para un tipo de onda determinado. En la Tierra la capa de ozono es capaz de hacer reflexión con las ondas ultravioletas, por lo que una batería de ondas ultravioletas disparada desde tierra podría hacer un tiro balístico, incluso a nivel intercontinental.

Las baterías de fotones también pueden ser empleadas como armas de tiro tenso como armas antiaéreas o de tiro en ángulo 0 contra unidades terrestres.

Exoesqueletos

Los exoesqueletos serán usados no solo por las razas terreas, también serán empelados por las razas aladas para mejorar su capacidad de supervivencia, la potencia de fuego y la velocidad de su vuelo.

Las razas aladas, y algunas razas terreas, emplearán exoesqueletos que tengan su propio propulsor WARP, lo que les permitirá volar con cargas mucho más pesadas y mayor armamento.

Algunos trajes de propulsión WARP (los que estén diseñados para ello) pueden ser empleados como trajes de despliegue espacial y ser usados como infantería de marina espacial en operaciones de desembarco en un planeta hostil.

Vehículos

Las razas aladas, o las terreas, pueden desplegar vehículos con capacidad de volar (WARP o de otro tipo de propulsión, aunque toda propulsión acaece por una alteración del medio).

Los vehículos pueden transportar razas aladas, o terreas, que pueden desplegarse desde los vehículos. El despliegue puede acaecer en tierra o en el aire, siendo infantería mecanizada, motorizada o acorazada alada.

Los vehículos también son excelentes plataformas de combate en las que instalar armamento pesado. Estas plataformas se pueden empelar de forma similar a un carro de combate o un helicóptero.

Los vehículos pueden desplegarse desde tierra firme o desde el espacio, en el caso de la infantería de marina espacial. Si se despliegan desde el espacio exterior requerirán una adaptación tecnológica, no obstante, es factible su uso y diseño.

Teletransporte

El teletransporte es una herramienta habitual en los ejércitos de alienígenas y su empleo muy útil en un tipo de guerra rápida que se verá en el futuro en la Tierra.

Los alienígenas la usan comúnmente, incluso los civiles.

Máquina del Tiempo

La máquina del tiempo es habitual, incluso en la Tierra, solo que está considerada como información clasificada.

Los alienígenas la usan comúnmente, incluso los civiles.

Máquina de Parar el Tiempo

La máquina de parar el tiempo también es habitual en las razas alienígenas y su uso esta generalizado en el espacio, por lo que no será raro su uso en combate y sus contramedidas tecnológicas también se harán comunes, de no serlo ya.

Cápsulas o Nuevos Tipos de "Misiles"

Las capsulas con una carga física o química y un teletransporte, un teletransporte y una máquina del tiempo o un teletransporte, una máquina del tiempo y una máquina de parar el tiempo son el futuro de las fuerzas armadas, como podrán leer más adelante.

Las capsulas permiten un radio de acción infinito, incluso entre dimensiones diferentes, lo que les hace un arma perfecta si se combinan con una adecuada detección.

Estas armas sustituirán a las armas láser y demás armamento, relegándolos al uso como arma secundaria, tanto en tierra como en el espacio o en el aire.

Terreno

El terreno es un factor determinante, en ocasiones, y ha de planearse la operación con el conocimiento del terreno donde se realice la acción.

El terreno es alterable y suele estar creado para la defensa de un régimen que considere una guerra en concreto como determinante. Las necesidades defensoras en guerra determinante son las que determinan que tipo de terreno va a haber en cada región para favorecer a las tropas propias.

Las aves no son muy proclives a usar túnenles subterráneos, pues así no se puede emplear su ventaja genética: la capacidad de volar. No obstante, es posible que empleen tuneladoras y alteren el relieve de la corteza según las necesidades propias.

Las razas de aves suelen buscar terrenos elevados para posicionarse, vivir, dormir y criar a sus polluelos.

Terreno Muy Elevado

Las sierras y montañas muy elevadas pueden no ser terreno apto para muchas razas, ya sea por su falta de gases o por sus temperaturas u otros factores a los que genéticamente no están adaptados. No obstante, los exoesqueletos con capacidad de volar permiten una temperatura adecuada y un suministro de oxigeno que puede ser necesario a elevadas altitudes o en el espacio.

Las montañas muy elevadas suelen ser una defensa excelente, incluso en las unidades aéreas. Las montañas disminuyen la cantidad de frente en el que pueden desplegarse las unidades rivales, ya que hay menos zona con gases por la que volar y no todas las razas podrán circular por esas alturas sin adaptación tecnológica.

Pese a las ventajas que tiene la defensa se pueden bordear las montañas desde el espacio exterior con una adaptación tecnológica, lo que permitiría que la zona donde se despliegan las unidades atacantes sea mayor (La adaptación tecnológica es el exoesqueleto con capacidad de despliegue espacial con motor WARP y que lleva oxígeno para poder respirar).

Contrapendiente en Defensa

El despliegue defensivo puede realizarse a contrapendiente de ondulaciones, sierras y montañas. Esto evita, en ocasiones, ser detectados con facilidad por el rival, o lo dificulta.

Estas posiciones son idóneas para emboscar al rival, siempre y cuando se halle en el rango de detección y alcance de las armas de la contrapendiente.

Generalmente intentarán bordear la pendiente, pero también podrían tratar de atacar desde una zona de mayor altitud o a ras de suelo subiendo la cresta de la pendiente que oculta a las unidades propias.

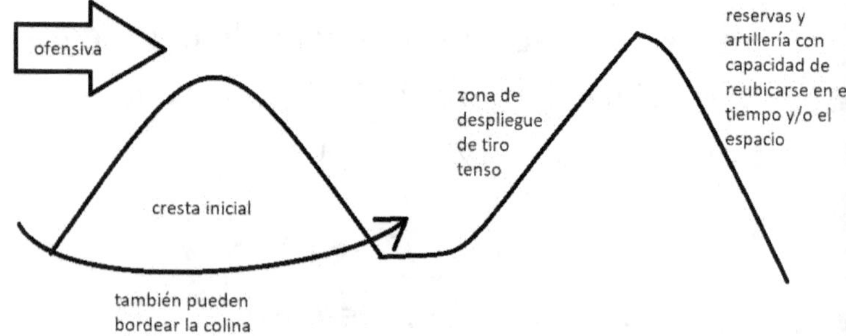

Realizar la progresión por encima de la cresta o zonas elevadas expone la zona del vientre de los vehículos y la infantería aérea.

Según la situación se puede recomendar una progresión u otra, dependiendo de las composiciones de ambos bandos.

Ventajas:

-La cresta protege de las vistas y fuegos rivales.

-El defensor puede prepararse mejor sin la observación directa.

-La adquisición de objetivos por parte del atacante es más compleja (con I.A. puede seguir siendo efectiva).

-Suministros de acceso fácil.

-El atacante no podrá hacer fuego hasta que rebase la cresta, momento en el que será atacado por toda la defensa.

Inconvenientes:

-Campos de tiro reducidos.

-No se puede observar bien al rival si se abandonan posiciones avanzadas.

-No se puede atacar al rival en su progresión inicial.

-Si hay mala detección pueden verse sorprendidos.

Ha de emplearse este despliegue si favorece las cualidades de la defensa y/o mejora su efectividad.

Resto de Terrenos

El resto de los terrenos no son muy influyentes en la guerra aérea. Solo los terrenos elevados o muy elevados pueden tener una influencia mayor sobre el combate de la infantería aérea y/o el resto de los combates aéreos.

Las únicas incidencias serían los vuelos bajos en desfiladeros y zonas poco visibles para cubrir el avance sin ser detectados.

Localización del Cuerpo Celeste

La localización del cuerpo celeste depende de los astroingenieros que dieron cohesión a la Galaxia o que la reposicionaron.

La posición del cuerpo celeste está condicionado a una guerra determinada que se creyó trascendental para el régimen que la ubicó, o reubicó, mediante la alteración orbital.

El posicionamiento del cuerpo celeste está condicionado a las unidades de que dispone el régimen rival y el propio, lo que también influye en el relieve del propio cuerpo celeste.

Ejemplo:

Un cuerpo celeste terreo puede posicionarse cuando el rival haya desplegado muchas tropas marinas, aunque el cuerpo celeste terrestre puede sitiarse y continuar el avance. No obstante, si hay una buena detección, se pueden derribar naves del bloqueo.

En cualquier caso, el medio tiene que ser el menos adaptado al despliegue rival, tanto por la tecnología que posea como por la genética de sus hombres.

Marchas

Las marchas de vehículos en la guerra aérea se asemejan a las marchas de helicópteros que conocemos y, en ocasiones también sirven para las unidades de infantería aérea.

La propulsión WARP de los vehículos puede ser detectada por detección de las ondas WARP mediante la física cuántica. Esta detección no siempre es posible, pues en los barrancos con desenfilada la señal se propaga en sentidos que podrían no estar cubiertos por las unidades rivales, otorgando cierta ventaja si se logra la sorpresa.

La altura de despliegue de combate ha de coincidir con las fortalezas propias y debilidades rivales, siempre que sea posible. Esto permite aprovechar las cualidades propias, mejorando el rendimiento de las tropas.

Tipos de vuelos

En los helicópteros hay tres tipos de vuelos y estos, en algunos factores pueden asemejarse al empleo de vehículos y desplazamiento de unidades en el seno del líquido.

Los tres vuelos:

-Vuelo Rasante: se emplea para aprovechar al máximo la protección y la ocultación que pueda brindar el relieve y la vegetación. Dificulta la detección desde el suelo, pero deja las unidades muy cerca del suelo, lo que permite emboscar desde la superficie.

Ejemplo de emboscada cerca de la superficie. Percátense que las unidades están escondidas como marca el recuadro de arriba a la derecha y se elevan para efectuar el fuego.

-Vuelo de Contorno: se suele emplear en lugares donde la detección rival es probable pero no segura, en el caso de los helicópteros.

-Vuelo a Cierta Altura: en las unidades de helicópteros se emplea para las zonas sin peligro de encontrarse con el rival. En el caso de combate aéreo esta altura también puede ser elegida como la de despliegue en combate.

No obstante, en el combate aéreo cualquier altura puede ser testigo de un combate a gran escala, lo que significa que marchar a cualquier altura es peligroso. El manual de helicópteros se vasa en un combate contra un despliegue de superficie terrestre y no como una guerra aérea. Pese a ello las recomendaciones de vuelo rasante son aceptables para las unidades de infantería aérea o vehículos.

Hay que conocer al rival para elegir una altura de marcha. Además, hay que tener en cuenta las fortalezas y debilidades propias para elegir la altura de la marcha en zona hostil.

Vuelo Rasante

El vuelo rasante se realiza cerca de la superficie del fondo marino. El vuelo rasante suele emplearse para aprovechar al máximo la cobertura natural del fondo marino. El vuelo dentro de un cañón puede ser apropiado para impedir la detección de la marcha, en algunos casos.

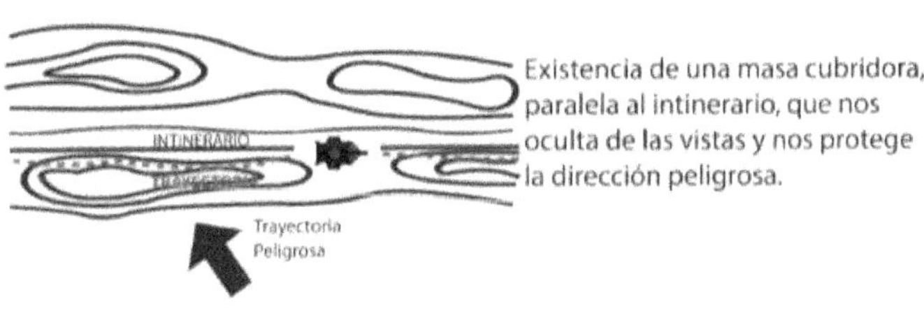

Existencia de una masa cubridora, paralela al intinerario, que nos oculta de las vistas y nos protege la dirección peligrosa.

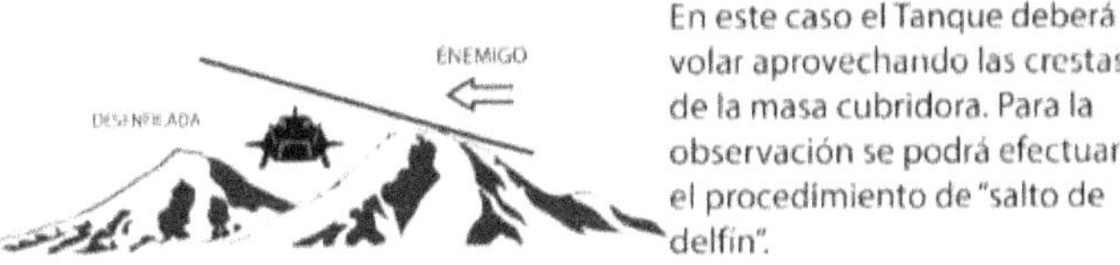

En este caso el Tanque deberá volar aprovechando las crestas de la masa cubridora. Para la observación se podrá efectuar el procedimiento de "salto de delfín".

Ejemplo de avance cercano al lecho, el vehículo queda desenfilado.

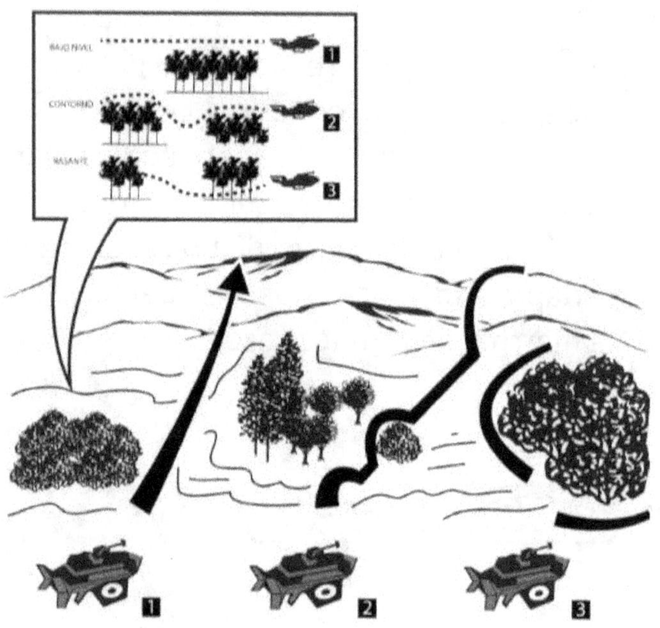

Tipos de vuelos rasantes.

Este tipo de vuelo no tiene que realizarse cerca del suelo arenoso, o de otro tipo, que produzca una visible nube de tierra.

Se debe evitar siempre que sea posible el terreno polvoriento ya que delata el avance de los tanques

Hay que tener en cuenta que el rival puede estar posicionado en la superficie del suelo en lugares poco visibles (bajo cubierta vegetal o debajo de la superficie).

En caso de que el rival esté cerca del suelo para realizar una emboscada es prudente avanzar a más altura.

Preparación de la Trayectoria y su Evaluación

La preparación incluye:

-Estudio del terreno

-Estudio del rival en relación con el terreno

Hace falta una continua evaluación de la situación en relación con el terreno y la marcha, por lo que la I.A. o el comandante tendrá que:

-Observar

-Localizar áreas peligrosas

-Escoger una trayectoria conveniente

-Dar órdenes al piloto

Otras características de las marchas

-El grueso tiene que marchar a la velocidad de la vanguardia.

- Pese a contar con camuflaje óptico hay que buscar zonas que no sean visibles en las marchas, pues pueden detectar la unidad igualmente.

- Las zonas cubiertas también pueden ser ubicaciones de la defensa, por lo que hay que extremar la precaución y enviar drones si es necesario. No obstante, se pueden emplear de forma segura como cobertura cuando se está en retaguardia.

-En la marcha en vanguardia de una ofensiva es habitual el encauzamiento por emboscadas y fuego. Hay que evitar ser conducido a una trampa.

- Hay que buscar la marcha en la región en la que se destaca y cubrir los flancos tridimensionales de la penetración (en una ofensiva).

Zonas donde se puede tener ventaja:

-superficie

-altura intermedia

-mucha altura

-espacio o frontera de la atmosfera con gas

Obstáculos

En ocasiones hay obstáculos de infraestructura, o naturales, que impiden el paso por ciertas secciones del trayecto. En estos casos se procederá a evitarlos tratando de mantener la ventaja táctica que se deseaba en el trayecto trazado.

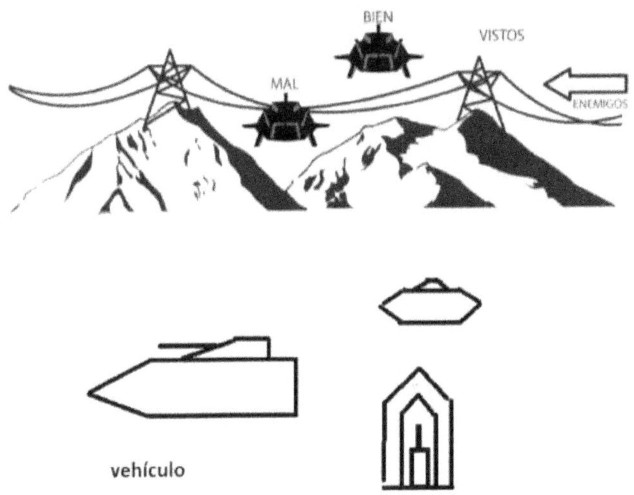

Entornos Urbanos

En entornos con grandes edificaciones, como torres que hacen de puertos espaciales, o con sierras el movimiento de los vehículos y las unidades en zona de contacto puede realizarse de forma similar a como lo realizan las fuerzas especiales en la actualidad (solo que con el eje vertical extra).

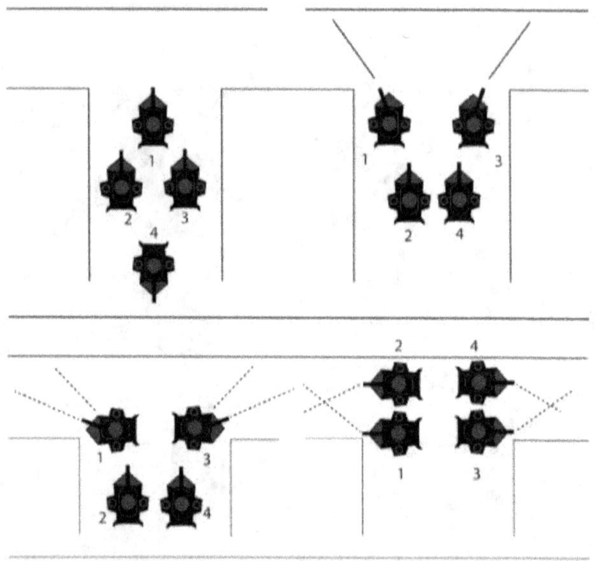

*Ejemplo del avance en una calle sin el eje vertical.

No obstante, se utilizarán los drones como método habitual de reconocimiento, por lo que las posiciones rivales podrían estar ya identificadas.

Formaciones y Dogfight

Formaciones

Las formaciones actuales no son eternas y la formación variará con la introducción de mejoras de reacción (máquina de parar el tiempo) y coordinación (I.A.).

No será necesario tener un cabo o un sargento comandando un pelotón o una sección, pues la dirección la puede realizar la I.A.. La coordinación tampoco sería posible con un suboficial, pues el tiempo detenido de la máquina de parar el tiempo implica que es difícil, o imposible, comandar a los hombres en un tiempo ralentizado, siendo la máquina quien realice ese papel. Esto modificará la forma de combatir disolviendo las formaciones más pequeñas y dirigiendo a los individuos de forma individual desde una I.A.

No obstante, algunas razas es posible que se aferren a una forma de combatir en grupo (algunas aves tienden a actuar en bandada), pese al problema de la comandancia sin I.A. con el tiempo parado, por no mencionar la necesidad de la dispersión por las armas de destrucción masiva. (La tendencia de la dispersión de tropas por el aumento de la potencia de fuego no va a cesar, ya sea en tierra, en el aire o el espacio).

Las formaciones más comunes son:

-Columna: marcha en fila india (se usa en el Ejército de Tierra para marchar de forma cómoda y permite el despliegue en otro tipo de formación, como escalonado o en línea).

-Escalonada a un flanco: disposición cada vez más hacia el lateral de las unidades más atrasadas. Puede servir como parte de una punta de lanza de una unidad más grande o cuando las características del combate lo requieran.

-Cuña directa: clásica punta de lanza. Se emplea contra el rival enfrente. Proporciona una buena cadencia de fuego al frente y facilita la rotura de este.

-Línea: formación en una línea recta paralela a la línea de contacto con el rival, se emplea cuando se toma contacto o cuando se espera al rival.

-Estrella: formación para posiciones defensivas que dificulta que la unidad sea atacada por alguna zona desprotegida.

-Cuña inversa: se emplea en el asalto o en el cruce de áreas expuestas. Da concentración de fuego en el frente. Es débil contra el flanqueo.

DogFight

En la Tercera Guerra Mundial se comenzará, según la historia oficial, a combatir en el espacio y los cazas podrán tomar altitudes orbitales y/o superarlas, saliendo de muchas capas de la atmósfera terrestre.
La guerra entre naves espaciales, o cazas, se realizará, en muchas ocasiones con los láseres o armamento cinético, pues los misiles que podrían llegar a estar equipados con máquinas del tiempo

podrían estar en cantidad limitada por la capacidad de carga. La guerra de maniobra con las armas secundarias de las naves (láseres, ciclotrones, rieles, etc) se llama dogfight y se ha empleado desde la Primera Guerra Mundial, solo que con ametralladoras en vez de láseres. Este tipo de combate se basa en maniobrar mucho y posicionarse en la cola del caza rival (a las 6), o en la zona posterior, para derribarlo. Las razas alienígenas aladas poseen unas unidades de infantería, y en ocasiones los vehículos, que también pueden operar en el eje vertical. Por ello he introducido este texto, pues las unidades aéreas operan, a veces, de forma similar a los cazas en el cielo y el espacio.

Maniobras Dogfight

Maniobra Dividida Defensiva
Los cazas en posición desventajosa dividen sus trayectorias obligando a los atacantes a dividirse o seguir a uno de ellos.

Maniobra de Difusión de Combate

Dos cazas aliados están desplegados uno a menor altura por delante y otro a mayor altura detrás. Cuando un rival escoge al caza a menor altura como presa, el caza a mayor altura interviene y ataca al rival que atacó el cebo.

Maniobra de Sándwich

Dos cazas aliados están a la misma altitud y a cierta distancia y cuando uno de ellos ha sido cogido como blanco, este gira 90 grados, obligando al atacante a girar también. Cuando gira el defensor y el atacante, el otro caza que lo acompaña gira también y, teniendo a los 3 cazas en fila con el rival en medio, el caza aliado a la cola abre fuego.

Maniobra Esquiva (break)

Es una maniobra en la que el caza aliado se encuentra delante del rival. Para evitar ser derribado puede emplear un brusco giro que puede pasar por el ángulo de tiro, pero al ser momentáneo es difícil que el rival lo derribe (no se puede pasar por delante si posee I.A.).

Sobrepasada

La maniobra consiste en frenar el caza elevando el morro (esto también puede funcionar a velocidades relativistas, además de en la atmósfera del cuerpo celeste, pues el superfluido de medio tiene una resistencia a ser traspasado. No obstante, es difícil un ataque de dogfight a velocidades relativistas, pero no imposible) haciendo que la resistencia merme la velocidad y aumente la altura del caza y dejando que el rival pase por delante, lo que puede permitir cambiar el rol de presa a cazador. En esta maniobra hay que preocuparse por no chocar al dejarse sobrepasar, pues ambos podrían ser derribados.

Pasada

El caza atacante se posiciona entre las nubes o buscando que el Sol lo oculte para esperar un rival que pase a menor altura y caer sobre él a gran velocidad, rompiendo el contacto rápidamente al volver a ascender para realizar otra pasada.

Immelmann y Spirit S
Son maniobras que se emplean para atacar a rivales que van en dirección opuesta y emplean un cambio de dirección de 180 grados.

Pitchback o Chandelle
Es una maniobra de giro de 180 grados y se puede emplear para romper el contacto o para posicionarse mejor para abatir un rival.

Wingover
Es una maniobra de giro en 180 grados cuyo desplazamiento es vertical. Esta maniobra aprovecha la pérdida de velocidad en una subida en vertical para realizar un giro muy cerrado provocado por la gravedad. Este tipo de maniobra requiere gravedad y no será empleado en el espacio exterior, como leerán más adelante.

Yo Yo Bajo

Es una maniobra que emplea una pérdida de altitud a favor de una mayor velocidad. Se puede emplear para posicionarse detrás del oponente en un giro de 180 grados cuando hace una maniobra pitchback. No obstante, requiere de gravedad y en el espacio será de poca utilidad.

Yo Yo Alto

Se emplea para retrasar el ataque conservando la energía empleando la gravedad (en el espacio no será de tanta utilidad). Cuando un oponente está virando 180 grados en el plano horizontal y se requiere retrasar el ataque, se emplea esta maniobra que consiste en ascender para posteriormente descender con el morro centrado en el final del viraje del defensor.

Rollo de Desplazamiento

Es una maniobra defensiva en la que se gana altura mientras se gira la nave sobre sí misma y el rival está realizando una curva de 180 grados. Después de subir la nave y alinearse con la curva del atacante puede pasar a la ofensiva.

Tijeras

Las tijeras son unas maniobras que se emplean para evitar sobrepasar al defensor (el objetivo). Se emplean una serie de giros con la intención de aumentar la distancia del recorrido y mantener al rival delante. En la maniobra los cazas actúan como ondas destructivas en continuo desfase y hay dos submaniobras: las tijeras rodantes y las planas.

Jinking

Es una serie de maniobras aleatorias de último recurso que se emplean para no dejar un tiro limpio al atacante.

En los combates un poco más avanzados se empleará el teletransporte para reposicionar el caza en la zona posterior y (la zona posterior es la más débil en las naves más grandes y no tanto en los cazas, pero tienen la debilidad estructural de los motores, lo que la convierte en una zona adecuada para el ataque) derribarlo, haciendo innecesarias las maniobras del dogfight. En este tipo de combates la cantidad de unidades involucradas puede aumentar muy rápidamente de unos cazas a decenas o centenares de naves en poco tiempo, sobre todo con la detección adecuada, pues se emplean más unidades para destruir las localizadas y ambos bandos recurren a la misma estrategia, lo que aumenta el despliegue y atrae las armas de destrucción masiva, siempre y cuando estas no dañen a una gran cantidad de tropas aliadas en la zona.

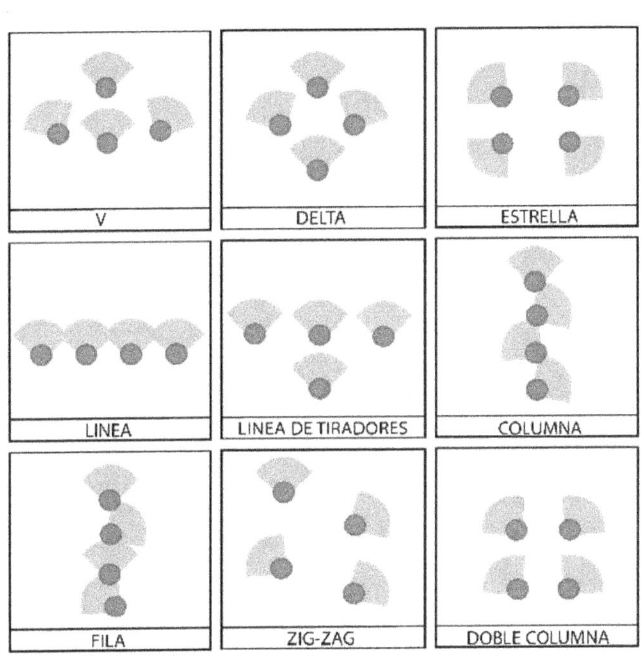

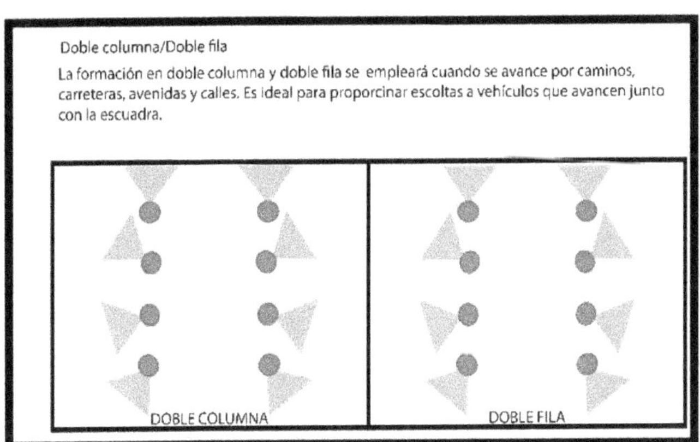

Doble columna/Doble fila

La formación en doble columna y doble fila se empleará cuando se avance por caminos, carreteras, avenidas y calles. Es ideal para proporcinar escoltas a vehículos que avancen junto con la escuadra.

99

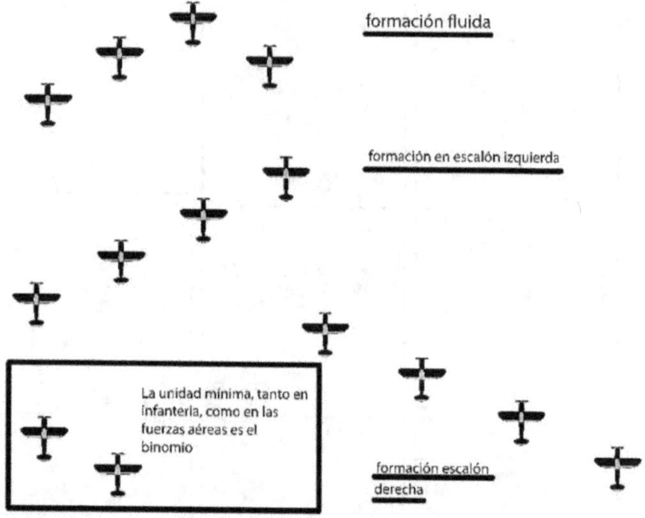

En el despliegue hay que contar con un medio tridimensional, por lo que podría haber un despliegue que incluyera el eje vertical.

Generalidades

Proceso de Decisiones También Llamados Factores de la Decisión de la Misión

En el combate se requiere de unos pasos para la toma de decisiones, tanto por parte de la I.A. como por parte de un operador humano. Estos pasos vienen descritos en algunos manuales del Ejército de Tierra de España y pienso que son extrapolables a todos los mandos de todas las ramas del Ejército.

Pasos del Proceso de Decisiones:

-Misión: se asimila lo que el mando superior ordena y se evalúa lo necesario para lograr su cumplimiento.

-Situación: se evalúa la situación del terreno, las unidades propias, las rivales, la sorpresa, la seguridad, el tiempo disponible, etc.

-Líneas de acción: según los objetivos marcados se preparan líneas de acción (una o varias) y se escoge la más acertada

-Decisión: es el plan del comandante para la ejecución del objetivo encomendado por los superiores (cómo se piensa lograr el objetivo, etc.).

Todo el proceso requiere de una constante reevaluación por la volatilidad que acaece en la guerra, pues una situación concreta puede variar repentinamente, pudiendo dejar obsoleta una línea de acción en cuestión de segundos.

Este proceso ha de ser recreado en la I.A. para lograr que conduzca a las tropas de forma eficiente.

Explotar Vulnerabilidades

Una de las cosas que se enseña a los oficiales es la explotación de las características en las que se destaca, mientras se evita el combate en lo que no se está en superioridad contra el rival.

La explotación se realiza tanto con las características del material que se dispone, en comparación con el rival, así como las tropas de que se disponga.

Armas Combinadas

El uso de las armas combinadas es clave en todas las ramas, y subramas, del ejército. Las naves espaciales y las tropas, y sus vehículos, tienen que colaborar para aprovechar fortalezas propias y debilidades rivales.

En la guerra hay un entramado de combinación de unidades que mantiene el frente, y en caso contrario el frente no será estable y un ataque permitirá romper el frente. El entramado tiene ciertas unidades que una vez sean destruidas la defensa, o el ataque, ya no podrá hacer frente a nuestro entramado de unidades. A estas unidades las llamo "unidades clave".

Según las unidades disponibles en las fuerzas propias y en las rivales las unidades clave varían. Si el rival posee superioridad espacial las armas antiespaciales propias se convierten en unidades clave en nuestro entramado y el rival tratará de destruirlas, posiblemente con unidades que, generalmente, no pueden ser dañadas por las baterías espaciales.

Hay que emplear las unidades de forma que la eliminación de las unidades clave del rival se realice con unidades que no sufran daños por el entramado, o que sufran lo menos posible. Explotar las características en las que se destaca evitando la confrontación en situaciones de inferioridad es una buena forma de combatir, aunque no siempre será posible entablar combate así.

Detección, Coordinación y Respuesta

La guerra se basa en tres acciones: detección coordinación y respuesta.

-La detección permite que pueda haber una respuesta, pues sin detectar al rival es imposible hacer fuego certero sobre él.

-La coordinación es la base de la Blitzkrieg y un fundamento de la guerra actual. La coordinación permite actuar a las tropas donde y cuando se necesita, e intercalar unidades de diferentes ramas para lograr un mayor efecto sobre el rival.

-La respuesta es el acto esencial del combate, es la lucha propiamente dicha.

Cualquier mejora en estos tres aspectos puede crear modificaciones en la forma de combatir, otorgando a quien posea la mejor detección, coordinación y respuesta una clara ventaja sobre el rival.

Partes Comunes Ataque y Defensa (conflicto tipo 1)

El conflicto tipo 1 se caracteriza por ataques rápidos, de segundos o fracciones de segundo (es el tiempo del despliegue el ataque y la rotura del contacto).

La elevada capacidad de detección también es característica de este tipo de conflicto. La capacidad de detección permite, junto con una elevada coordinación que se adelanta al tiempo real, una respuesta en segundo o fracciones de segundo contra las unidades detectadas.

Las unidades propias reciben la orden de desplazamiento en sus cerebros mediante nanorrobots instalados en sus cerebros que intercambian información con una I.A. que los guía en el combate. La I.A. recibe los datos de la batalla antes de que se produzca da una coordinación y da las ordenes proactiva, lo que acelera la batalla, sobre todo cuando ambos bandos poseen I.A. proactiva.

La detección también es vital y los drones jugarán un papel esencial en la guerra y serán encargados de detectar a las tropas rivales, junto con la detección que poseen las tropas por sus características biológicas y otras tecnologías.

La detección y la coordinación permiten que la respuesta sea en tiempos infinitesimales. Una unidad detectada por un dron da a al I.A. la información de su ubicación antes de que comience la batalla y la I.A. prepara los planes de respuesta proactivos a las detecciones. Esto permite que una unidad con teletransporte salte en el espacio para colocarse detrás de la unidad rival y abrir fuego para luego desaparecer en décimas de segundo después la detección del dron y el traspaso de la información a la I.A..

El combate tipo 1 se caracteriza por el aumento de la cantidad de unidades que se incorporan al combate en unidades de tiempo muy cortas. El conflicto es in crescendo, una unidad ataca a otra lo que genera una respuesta al ataque inicial por parte del rival y ambas partes pueden estar desplegando compañías en menos de 30 segundos por una escaramuza que comenzó con el ataque a una única unidad.

Las capacidades de detección y coordinación son esenciales para este tipo de combate y si fallan en alguna ocasión la detección o la coordinación el combate, posiblemente, no sea tan veloz y/o involucrará menos unidades.

Vehículos y Maniobra Esquiva

Los vehículos pueden ser atacados por sus zonas más débiles (siempre hay una zona que sea más vulnerable que el resto). Los ataques a los laterales, parte trasera u otras zonas de debilidad estructural inherente a todos los vehículos o específicas de ese modelo son los ángulos desde donde generalmente se preferirá atacar a los vehículos o unidades.

El uso de las defensas activas que permiten la supervivencia frente a ataques que no salten directamente en el interior del vehículo pueden propiciar la supervivencia. No obstante, las defensas activas pueden propiciar el uso de salto en el tiempo o el espacio que haga saltar la carga dentro del vehículo, lo que hace irrelevante el casco exterior y la defensa activa, a no ser que la I.A. ordene una reubicación espacial o espacio temporal antes de la detonación. En cualquier caso, el tiempo en el que la unidad ha estado desplegada permanece inalterable, por lo que un ataque de este tipo mientras está desplegada puede ser letal, incluso con I.A.

La maniobra esquiva de las unidades no será eficiente si la unidad no rompe el contacto. Cualquier maniobra de tipo dogfight puede ser fútil si el rival conoce la irreversibilidad de sus movimientos, lo cual puede traducirse en una reubicación espacial en la cola que permita el fuego a quemarropa. Esto también es aplicable a las unidades espaciales o infantería espacial, unidades mecanizadas, motorizadas, acorazadas de despliegue espacial o infantería aérea.

Armas de Destrucción Masiva

Las armas de destrucción masiva se emplean contra las grandes concentraciones de tropas rivales.

Generalmente las concentraciones de tropas rivales acaecen en:

-Ofensiva para romper el frente

-Uso como contrapreparación: se puede emplear en las fases iniciales de la ofensiva como contrapreparación.

-Para la defensa de la rotura de frente.

-Contraofensiva.

-Contra una contraofensiva en flanco y/o vanguardia.

Las armas de destrucción masiva funcionan mejor como armas de denegación de área que como armas de destrucción de unidades rivales. Esto es así por la irreversibilidad de la fecha de uso, lo que permite al rival darse la información de la fecha en la que van a ser usadas. Conocer de antemano la fecha en la que serán usadas permite al rival saltar en el tiempo o en el espacio para evitar la destrucción, dejando como efecto la negación de área sobre la que están desplegadas las unidades rivales.

Pese a la perdida de potencial destructor de unidades es una excelente plataforma de negación de área y permite desalojar a las defensas del rival y allanar el avance u otras operaciones en las que haya una fuerte resistencia.

La pérdida de valor táctico no significa que el valor estratégico merme, ya que podrán seguir usándose contra núcleos de población, económicos e industriales de la civilización rival.

Guerra Acústica y de Ondas

Uno de los pilares de la guerra es la detección, ya que sin detección no hay respuesta. La detección puede encubrirse con ciertos medios, lo que merma las posibilidades de una respuesta.

Se pueden emplear señuelos para evitar la detección: los señuelos de ondas WARP, electromagnéticas o acústicas pueden impedir la detección. Esto es muy importante para el tipo de guerra numero 2 (lo leerán más adelante), aunque también afecta al tipo 1.

El sistema de señales rival tratará del rival tratará de:

-Interceptar señales para obtener información

-Evitar que puedan usar las medidas de detección y fijación de blancos

-Impedir la comunicación

La mayoría de las razas operarán con nanobiotecnología neuronal que dará ordenes de carácter proactivo. Esta tecnología puede teletransportarse desde o hacia el cerebro evitando tener que usar ondas electromagnéticas para la comunicación, lo que eludiría la guerra electrónica.

Para evitar que se detecten las ondas, ya sean electromagnéticas, sónicas o WARP, se puede emplear el cubrimiento por desenfilada en el vuelo táctico. Esto dificulta la detección y la guerra de señales. También se puede emplear una potencia mínima y aumentar el cifrado u otros.

La guerra de señales puede emplearse para contrarrestar armas que necesiten emisiones para la fijación de blancos.

Hay diferentes tipos de fijación:

-Láser

-Óptica (deducción de la distancia del objetivo mediante las lentes del observador)

-Fijación por calor

-Más de un modo a la vez

Una vez determinada la distancia del rival el sistema dispara o teletransporta una carga a las coordenadas obtenidas. Los sistemas de las cargas de teletransporte son de tipo localiza y olvida.

Algunos de estos métodos son detectables y se pueden ejercer contramedidas de señales que impidan o dificulten hacer blanco.

La detección de los vehículos por las ondas WARP puede no ser ocultado con señuelos, pues una gran cantidad de vehículos y/o naves espaciales submarinas pueden producir una ingente cantidad de ondas WARP. Este efecto es similar al polvo levantado por los carros, cosa que también pueden producir en un desplazamiento cerca del suelo. Además, el propulsor WARP podría ser detectado por la luz y el calor que desprende, de igual modo que los exoesqueletos que posean propulsión.

Reserva

Los vehículos, como cualquier unidad, pueden emplearse como reserva. No obstante, los vehículos son muy aptos como reserva para explotación, defensa móvil y contraofensiva ya que poseen una gran movilidad que les permite un rápido desplazamiento.

En los manuales de la Segunda Guerra Mundial se suelen emplear los carros como reserva por la movilidad y la potencia de fuego. No obstante, la máquina del teletransporte puede ofrecer capacidades de desplazamiento superiores a las unidades de infantería aérea. Por ello las unidades de infantería aérea correctamente equipadas pueden ejercer de rol de reserva de forma excelente.

Concentración de Recursos

La concentración de recursos se puede realizar cuando se conoce el lugar de una zona que va a ser atacada o cuando se requiere una ofensiva. La concentración de recursos reúne una serie de unidades de otras partes para hacer frente a las unidades rivales, ya sea en defensa como en ataque.

La ventaja de la concentración deriva en el aumento de mortalidad ejercida por unidad propia perdida. Al haber un mayor número de unidades propias las bajas son menores por el apoyo que se dan de forma indirecta y directa las unidades desplegadas.

Ejemplo: desplegamos una sección de carros y perdemos 2 carros por fuego anticarro rival en una ofensiva, pero si desplegamos dos secciones el fuego de los carros extra hace que las baterías rivales puedan disparar menos y la mortalidad se reduce de 2 a 1.

Detección

La detección de naves, o vehículos, puede hacerse desde el espacio, el aire o la tierra.
La detección mediante drones se realizará para detectar naves y tropas, de forma similar a como lo hacen los hombres en tierra, solo que en el aire o el espacio.
Se pueden emplear detectores WARP, entre otras medidas de detección.

I.A.

La I.A., junto con los nanorrobots, se emplearán para coordinar y dirigir las tropas propias.
La I.A. con toda la batalla grabada puede inducir una respuesta proactiva a sus

militares que supla el no poder saltar en el tiempo sin retirarse.

Explotación del Éxito

En las operaciones defensivas, así como las ofensivas, la explotación del éxito es una reacción normal que intenta aprovecharse de la retirada rival para destruir a las unidades rivales.

La explotación del éxito es muy peligrosa y puede ser una trampa para lograr la destrucción de las unidades incautas que traten de perseguir al rival en desbandada, de forma similar a la defensa elástica. No obstante, también puede ser usado para lograr la destrucción de las tropas en retirada.

Ataque

El ataque es el rol con mayores recursos o con cierta superioridad. Es el rol que suele ser determinante en la acción bélica, otorgando la sumisión del territorio rival.

Binomio

En la actualidad se emplea una táctica basada en el empleo de la máquina del tiempo. Se trata de hacer avanzar un pelotón mientras otro le cubre, pero el avance se realiza saltando en el tiempo y moviéndose en un instante en el que el rival no esté posicionado para repeler el ataque, lo que disminuye las bajas. Los pelotones se alternan con el fuego y la maniobra hasta que se alcanza la distancia requerida o se sobrepasa la posición rival.

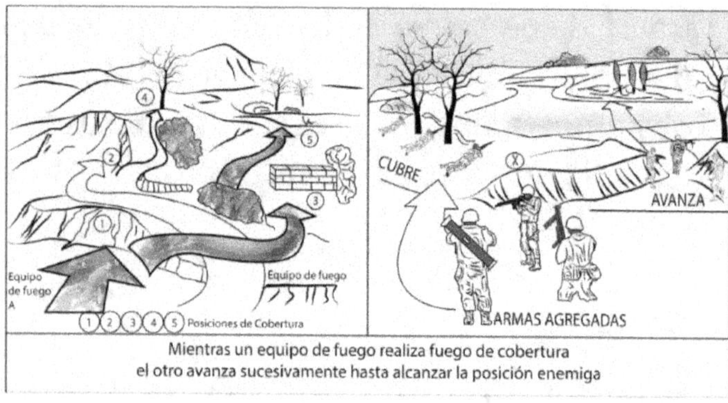

Mientras un equipo de fuego realiza fuego de cobertura el otro avanza sucesivamente hasta alcanzar la posición enemiga

Se alternan en fuego y maniobra para avanzar.

La cobertura en el aire no suele estar disponible, a excepción de las montañas o en tierra donde sí suelen haber posiciones a cubierto donde posicionarse para lograr acercarse al rival.

En la lucha, generalmente, no se podrá emplear esta táctica. La táctica a emplear serán saltos en el tiempo o el espacio para posicionarse en la zona y abrir fuego contra unidades previamente detectadas, sin aproximación detectable previa. Esta maniobra durará segundos o fracciones de segundo, y acto seguido la unidad desaparecerá para atacar desde otra posición o a otro lugar.

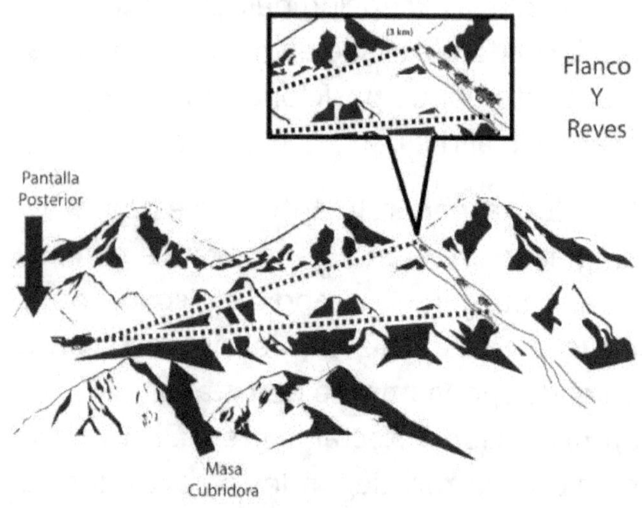

Se ataca preferiblemente a las zonas más débiles de las unidades rivales. Generalmente los vehículos suelen tener el revés y el lateral como zonas más sensibles a los ataques.

La velocidad de la batalla hará que las zonas en las que haya una buena detección, o donde el rival tenga detectores eficientes, la progresión sea ineficiente. Esto es así por la capacidad de reacción en segundos o fracciones de segundo, lo que hará que la progresión sea vulnerable en el avance. No obstante, no será del todo descartable su uso en zonas de difícil detección o contra rivales que no poseen una buena detección.

Cambio de Ruta de Progresión

Se recomienda el cambio de ruta de progresión para lograr el efecto sorpresa sobre el despliegue rival en los manuales actuales. No obstante, esta táctica estará obsoleta con la coordinación proactiva de la I.A., que conoce los movimientos de la batalla antes de que se produzcan, por lo que no habrá efecto sorpresa sobre las formaciones rivales.

Generalmente el efecto sorpresa será más difícil de conseguir conforme la tecnología avance y, al conocer toda la batalla de antemano, cambiar el eje de progresión no será una táctica efectiva.

Fijación por Fuego

La fijación por fuego no funcionará tanto en las pequeñas unidades (pelotón o sección) como en las unidades un poco más grandes (compañía, batallón o regimiento) o en las unidades grandes (brigada, división, cuerpo de ejército, ejercito o grupo de ejércitos).

Las unidades más pequeñas lucharán con saltos constantes en ataques de golpea y desaparece, tras lo que atacan un nuevo objetivo designado por la I.A. y comunicado por los nanorrobots en los cerebros de los militares. Por lo que el fuego de cobertura será eliminado para ofrecer un fuego certero sobre las unidades rivales.

No obstante, la fijación por fuego puede servir con las unidades más grandes, ejerciendo constantes ataques que les obliguen a fijarse en el terreno y ofrecer una respuesta al ataque en la que se fijarán cada vez más y más unidades, siempre y cuando el rival quiera ejercer una respuesta al ataque rival. Pese a que el ataque se basará en ataque rápidos de golpea y desaparece en los que se pueden desplegar grandes unidades en minutos hay otros tipos de respuesta, como las baterías con cargas teletransportadas que pueden ejercer el fuego sin necesidad de fijar tantas unidades en el combate. Las baterías permiten una respuesta sin necesidad de emplear más y más unidades, por lo que pueden ser empleadas para romper el contacto.

Vehículos

Los vehículos pueden emplearse en unión con otras unidades o de formando íntegramente la unidad. No obstante, las formaciones acorazas con tiradores, u otras unidades agregadas, han demostrado eficacia en el campo de batalla en la Tierra. Es posible una cooperación entre las unidades de infantería aérea y los vehículos de combate. No obstante, la velocidad de los acontecimientos dificulta cargas encabezadas por carros que dan cobertura a la infantería, por lo que es poco probable un uso de este tipo.

En ciudad y terreno de visión reducida puede ser mejor la cooperación de infantería y carros. También es posible tratar de separar a la infantería y a los carros.

Unidades Clave Operacionales

Las unidades clave tácticas suelen ser las unidades que permiten el reconocimiento y las unidades de vehículos desplegadas. No obstante, las unidades operacionales, o incluso estratégicas, clave son los centros de las comandancias (I.A.), las piezas de artillería teletransportada o bases de unidades de exploración como los drones que detectan las perturbaciones WARP de las máquinas de parar el tiempo o los motores WARP.

Estas unidades, o instalaciones, se encuentran detrás de las líneas de frente defendidas, por lo que el ataque en profundidad puede servir para golpear estas unidades esenciales en el conflicto. En ocasiones las I.A. estarán lejos del frente y no serán accesibles en el mismo cuerpo celeste, por lo que serán objetivos estratégicos. En cualquier caso, destruir las bases del entramado que mantiene el frente en sus pilares (detección, coordinación y respuesta) será una prioridad en todos los niveles, desde el táctico hasta el estratégico.

Objetivos Tácticos

Los objetivos tácticos para la rotura del frente serán las capacidades de destrucción de las armas que puedan causar daños a los vehículos, de poseerlos, y la merma de la capacidad de detección de los drones, u otras unidades. Mermar la detección es esencial para evitar una respuesta a cada ataque realizado. Por muy rápido que se realice el ataque si hay detección hay posibilidad de respuesta rival, por ello es esencial destruir las unidades capaces de detectar.

Eje vertical

El combate aéreo tiene el eje vertical, además de los otros dos que convencionalmente tiene el combate humano en la Tierra.

El eje vertical significa que el contraataque de la defensa puede acaecer desde cualquier dirección (arriba, debajo, laterales o profundidad). El eje vertical facilita un ataque, o contraataque, que corte la protuberancia de la penetración o del frente en general.

Un avance tiene que ir acompañado de medidas de detección para poder reaccionar desde cualquier dirección, y no solo el exterior del perímetro controlado, también en el interior del perímetro del avance.

Ataque en Profundidad

Los combates tienen que evitar las medidas de detección, pues la máquina de parar el tiempo puede localizarse con unidades de reconocimiento. Teletransportándose al interior de las líneas rivales podría evitarse la detección, sobre todo si el rival no conoce las zonas de salto. Coger al rival por sorpresa es difícil, y con la I.A. proactiva aún más. No obstante, podría ser más improbable el despliegue de unidades de detección en el interior del frente.

De conocerse el ataque y, con nanorrobots en los cerebros de los militares, es muy probable que se conozca, las I.A.s podrían decidir desplegar unidades de detección. Además, si se extiende su uso el reconocimiento en un despliegue que cubra todas las direcciones en unos puntos fuertes podría complicar el ataque en profundidad.

Las contramedidas de detección nombradas anteriormente pueden hacer frente, si son eficaces, a las unidades de detección, con lo que el ataque podría causar estragos incluso en ataques frontales.

Cobertura de Flancos de la Ruptura

En la actualidad se emplea una cobertura en los flancos de una penetración para contrarrestar la hipotética contraofensiva rival. No obstante, la contraofensiva puede acaecer dentro del perímetro defensivo, tratando de colapsar el tren de avance interior y pillando a las unidades desprevenidas.

Es necesario colocar unidades de detección en el perímetro interior de avance para evitar ataques con unidades teletransportadas que además posean la máquina de parar el tiempo.

Búsqueda y Destrucción

La búsqueda y destrucción no quedará completamente anticuada y puede sufrir transformaciones para seguir siendo usada.

La búsqueda y destrucción se suele emplear contra la serie de objetivos antes descritos, y tengo que añadir a la lista de objetivos las baterías antiespaciales que tendrían que haber sido nombradas como objetivos prioritarios, sobre todo cuando se poseen naves espaciales que actúen cerca o dentro del cuerpo celeste.

Para la búsqueda es mejor emplear drones sigilosos para infiltrarse y detectar las unidades que pueden verse atacadas con unidades teletransportadas con el tiempo pausado, lo que suele ser efectivo.

Saltos Retaguardia
Se puede saltar en la retaguardia rival para impedir una reorganización rival en una nueva línea defensiva.

Explotación

Objetivos

-artillería y reservas

-instalaciones de mando

-retaguardia flanco de posiciones organizadas

-zonas importantes del terreno

-asentamientos armas de destrucción masiva

-establecer contacto con unidades teletransportadas en el interior de la defensa

Persecución

Las unidades de persecución se despliegan en dos fracciones:

1.-presionar sobre el rival para obligarle a mantener el contacto y obligarle a combatir

2.-realizando el envolvimiento

Ataque en la retaguardia contra puestos de mando I.A., o posiciones de baterías de cargas con teletransporte

Asalto a posiciones organizadas

Hay que conocer:

-obstáculos y pasos

-detalles de la fortificación

-localización y tipo de armas rivales

-accesos desenfilados

Reconocimiento por Fuego

El reconocimiento por fuego es una forma de detectar si una posición está ocupada, aunque puede desvelar posición propia, por lo que no siempre podrá usarse. Abrir fuego contra rincones ocultos donde suelen posicionarse las defensas es un buen método para no ser emboscados.

Observación Dinámica

Es la que se emplea en movimiento. Se empleará desde vehículos o unidades de infantería marina.

La pasada se realizará:

-A una altitud que permita la exploración

-Empleando la vegetación o lo que pueda enmascarar el vehículo o la unidad.

En la observación se puede emplear el salto de delfín. En esta observación se empela la cubierta para moverse durante unos instantes fuera de cobertura y regresar rápidamente a la protección. Consiste en ascensos y descensos para observar.

Este método probado en helicópteros no siempre es factible pues hay amplias zonas de la atmosfera sin cobertura alguna y solo sería factible cerca del suelo.

Buscar Zonas Poco Vigiladas

El reconocimiento del atacante tiene que buscar zonas de progresión que estén sin cubrir por la detección.

Reconocimiento

El reconocimiento es completamente necesario, ya que hay que saber a qué tipo de unidades nos enfrentamos y, si es posible, conocer donde se ubican para realizar los ataques de tipo golpea y corre característicos de la guerra en el futuro

Lo normal es enviar primero drones, pero se puede compaginar con naves espaciales desplegadas en la atmosfera o en el espacio exterior. Las naves pueden dar pasadas para hallar unidades rivales con medio de detección. No obstante, si son detectadas serán destruidas siempre y cuando la defensa tenga recursos para ello.

Defensa

La defensa suele ser un rol con menores recursos que el ataque. No obstante, también puede ser elegida por una diferencia de material capacidad de combate en pro del rol atacante, aunque puede haber excepciones.

Encauzamiento

El encauzamiento será más difícil que en la actualidad, pero es factible, sobre todo en cuerpos celestes en los que la corteza se moldeó adrede para ese conflicto.

Emplear Cubierta Vegetal y Zonas a Cubierto

De igual modo que en la tierra la defensa tiene que emplear la cubierta vegetal u otros tipos de cobertura para dificultar su detección, incluso si se posee camuflaje óptico.

Cubierta y Encubrimiento:
La cubierta es la protección contra el fuego

*las cubiertas vegetales pueden servir cuando se despliegan en tierra. No obstante, la infantería aérea suele ser genéticamente menos apta para las tareas de tierra.

Se pueden emplear nubes para evitar la detección.

139

Se debe hacer el uso de la cubierta siempre que sea posible,
Sino hay cubierta, se debe usar el encubrimiento proporcionado
por los arboles, las sombras, los matorrales y las casas.

También se puede enterrar un poco a los vehículos para impedir que sean detectados o para ofrecer un tamaño de blanco menor.

Desenfilada de Torre
Es cuando el tanque entero está bajo cubierta, pero
el Jefe de tanque aún puede observar hacia el frente
desde la torre

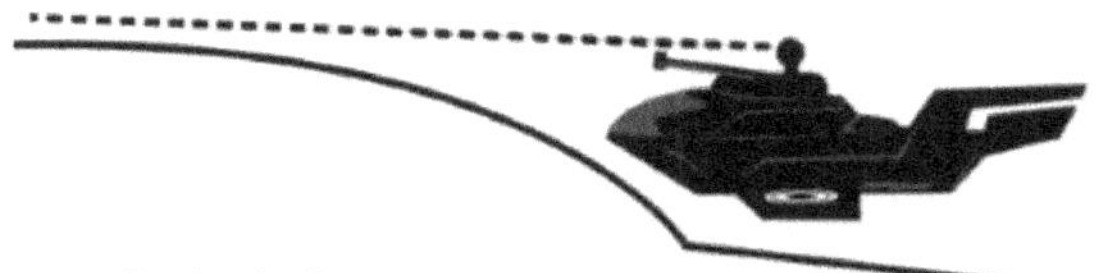

Desenfilada de Casco
Un tanque está en desenfilada de casco cuando la boca
del cañón está en la parte más baja del tanque expuesta
hacia el frente. Se usa para la máxima protección
mientras combate con el enemigo empleando
fuego directo.

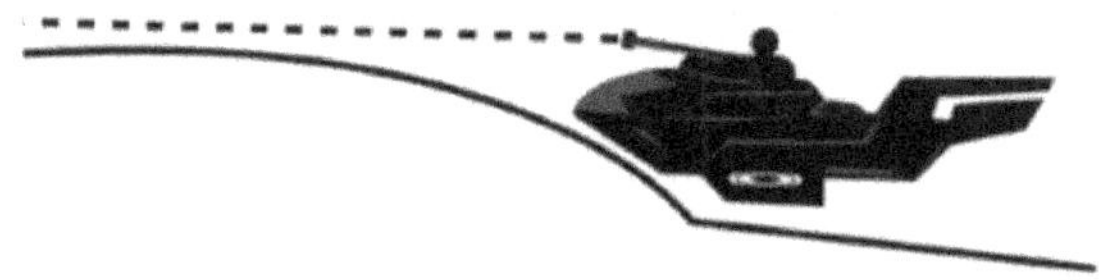

Zona de cobertura

Flanqueo al Contraataque

Se puede ejecutar una maniobra de flanqueo a los contraataques rivales, o saltar directamente en su retaguardia. Por lo que hay que tomar precauciones en los contraataques.

Posiciones de Tiro

Las posiciones de tiro son desde las que se abre fuego contra el rival.

Las posiciones de tiro es mejor que tengan:

-Tener buenos campos de tiro sobre la zona.

-Permitir ocultación y protección.

-Disponer de itinerarios de acceso y salida a cubierto de la detección rival.

Ejemplo de una posición de tiro.

También hay otro tipo de posición:

-Posiciones de Observación: son posiciones desde las que se observan la acción o zona de destrucción. Estas posiciones pueden estar a cualquier altura y es mejor emplear drones. No obstante, hay tecnología de sigilo que pueden complicar la detección.

Defensa en Todas Direcciones

La defensa tiene que estar preparada para un ataque desde cualquier dirección, incluso desde detrás de sus propias líneas. Es necesario establecer un perímetro de seguridad y detección en todas direcciones para evitar ser cogidos por sorpresa.

Vehículos Reserva

En la defensa, así como en el ataque, se suelen tener unas reservas y, en la defensa más que en el ataque, las unidades de blindados o vehículos suelen ser las reservas primordiales. Se las escoge por su alta movilidad y potencia de fuego.

Ventaja de la Defensa

La defensa es un rol superior al ataque, siempre y cuando se cuente con los medios tecnológicos necesarios para obtener esa ventaja.

Si hay una detección generalizada con detectores WARP y el rival no dispone de tecnología adecuada para disimular los movimientos la detección hará de la defensa un rol superior, incluso aunque el ataque disponga de máquinas de para el tiempo. Claro que para ello también hay que responder en unidades de tiempo infinitesimales y la I.A. es esencial en la coordinación proactiva que se suele necesitar.

Tipos de Defensa

Hay tres tipos de defensa:

-Elástica: la defensa elástica se realiza con la intención de retroceder y obtener un menor desgaste propio en pro de la perdida de terreno.

-Enconada: la defensa enconada se realiza cuando no se tiene intención de retroceder, o si se retrocede sea muy poco el terreno cedido, o al menos esa es la intención inicial (pueden verse sobrepasados).

-En profundidad: la defensa en profundidad emplea un menor tamaño de frente por unidad desplegada, pero aumenta la profundidad del despliegue de las tropas propias.

Defensa Elástica

La defensa elástica tiene 3 fases

1.-Detección: se encarga de dar seguridad al perímetro defensivo. Tienen como objetivo evitar la sorpresa al perímetro defensivo y poseen buena movilidad y transmisiones

2.-Amortiguación del avance: se trata de desgastar al rival sufriendo las mínimas bajas posibles. También tratan de canalizar por fuego el progreso rival.

3.-Detencion del avance: se fija una zona de detención de la elasticidad para comenzar la defensa enconada y detener al rival a la espera del contraataque.

3.-Contraofensiva: trata de recuperar el terreno cedido realizando contraataques

Defensa Enconada

1.-Deteccion y encauzamiento: se detecta al rival y se le conduce mediante fuego hacia una zona proclive a la defensa.

2.-Detención y/o Contraataque: se detiene la ofensiva rival y se contraataca para recuperar el terreno perdido o para explotar el éxito.

Partes Comunes Ataque y Defensa (tipo 2)

Ataque y Defensa con Drones

La defensa es un rol en el que hay cierta ventaja. No obstante, esta ventaja desaparece con la introducción de la máquina de parar el tiempo. La máquina de parar el tiempo permite que el asalto (coordinado por I.A. y sin necesidad de suboficiales, cabos, sargentos e incluso oficiales) no tenga respuesta por parte de la defensa, pues la defensa sin capacidad de detección no puede dar una respuesta eficaz al ataque.

La ventaja del ataque disminuye conforme la detección de las ondas espacio-temporales de la máquina de parar el tiempo (cuyo funcionamiento requiere de una menor densidad de medio para ralentizar el paso del tiempo y la forma de conseguirlo son ondas WARP). La máquina de parar el tiempo produce una gran cantidad de ruido espaciotemporal y es detectable por los mecanismos adecuados de detección. Si dichos mecanismos se despliegan por el entramado defensivo el rol de la defensa vuelve a poseer ventaja frente al rol del ataque.

Los cambios que se producen con la introducción de nueva tecnología que modifica las capacidades de detección y respuesta (para mejorar la respuesta, además de detección, se necesita coordinación en periodos de tiempo muy cortos y para ello se empleará la I.A. con anticipación a cada movimiento, ya que tiene que poseer la batalla gravada de antemano). Los cambios en las capacidades clave traerán cambios en la forma de combatir, así en el espacio como en el seno del líquido o el aire.

El cambio en la forma de combatir, si se posee de los medios adecuados, será similar, en cierto modo, al cambio de combate de superficie naval durante la Segunda Guerra Mundial. El ejemplo de cómo la detección y la capacidad de respuesta cambiarán la forma de combatir lo podemos encontrar en la operación Ten-

Go (operación cielo uno) en la que el acorazado más grande del mundo, junto con una escolta de buques más livianos, se dirigía a Okinawa para luchar contra la flota aliada. La flota japonesa fue detectada por los aliados y destruida enteramente por los aviones de la flota aliada antes de poder realizar un ataque con los cañones del acorazado Yamato.

La detección la y la capacidad de reaccionar a distancias mayores que la de los cañones permitieron dejar obsoletos los cañones del Yamato. La capacidad de las capsulas con teletransporte permiten un rango de acción infinito y si a esto le añadimos una mejora en la capacidad de detección de la física cuántica que permite detectar alteraciones espaciotemporales, u otro tipo de detecciones, se pueden dejar obsoletos los láseres y demás armas de tiro tenso como armamento principal. Las batallas se parecerán más al ejemplo de la Batalla del Coral, en la que no hay contacto directo entre las fuerzas contendientes, pero sí entre los drones o mecanismos de detección desplegados, lo que permite destruir al oponente sin contacto directo. Esta será la esencia de la guerra naval, y la espacial, terrestre o aérea, en el futuro u en otros cuerpos celestes.

Pese a la mejora táctica de combate esta solo es efectiva si se combina con la detección y puede haber casos como la Batalla de Samar, en la que una detección ineficaz permitió la intrusión de una flota contra un grupo de portaaviones aliado, logrando cierto éxito con la sorpresa.

El ataque, y la defensa, tienen que realizarse exponiéndose lo mínimamente posible, y este es un axioma militar que permite una mayor supervivencia. En este caso usar los drones como herramientas de detección, combinados con un potente sistema de ataque con teletransporte en la munición, permite una mayor supervivencia en la guerra.

Defensa

La defensa es esencialmente la misma que en el apartado anterior.

La defensa puede ser:

-Defensa elástica

-Defensa fija

-Defensa en profundidad

La defensa elástica, como en el espacio o la tierra, puede emplear mecanismos de detección y cargas con teletransporte para desgastar al rival en su avance, sin necesidad de contacto. También se pueden emplear ataques rápidos con máquina de parar el tiempo y teletransporte, pero el peligro para las unidades es mayor.
La contraofensiva puede ser con el dúo cargas con teletransporte y detectores, con máquinas de parar el tiempo o ambas a la vez.
La defensa fija requiere, como la defensa elástica, detectores que permitan la

maniobra esquiva y una actuación proactiva. Es necesario detectar las alteraciones de las máquinas de parar el tiempo en el área defensiva para poder mantenerla, como ocurre con las tropas de tierra.

Contraataque

Se puede contraatacar con la máquina de parar el tiempo, con cargas con teletransporte y detección o ambas a la vez. La máquina de parar el tiempo permite lanzar cargas frontales, pero también se puede emplear junto al teletransporte para lanzar reubicaciones en tiempo pausado sobre la retaguardia de la rotura, en vez de los flancos o la zona frontal.
Los drones permiten el ataque a distancia con las cargas, igual que en tierra.

Reserva en Defensa

Roles reserva en defensa:

-Solucionar imprevistos.

-Realizar contraataques.

-Realizar fuego a distancia (sin entrar en el escenario, con las cargas de parar el tiempo que poseen alcance infinito).

-Defender retaguardia.

Ataque

El ataque puede ser:

-Con cargas teletransportadas y drones, sin acercamiento. Se emplean los drones para el tarjeteo y los misiles para hacer el blanco.

-Con máquina de parar el tiempo, similar a los combates de ataca y desaparece nombrados anteriormente.

-Ambas a la vez.

Los ataques pueden ser un asalto frontal con tiempo en ralentí, saltos en zonas con el rival desencarado, ataques con cargas teletransportadas y todas o una mezcla de las anteriores, siendo la detección combinada con misiles la más segura. Aunque después requiera movimiento para ocupar posiciones, pues los "misiles" no los ocupan por sí mismos.

Zona de ataque

Se suelen buscar los lugares más débiles de las posiciones rivales para ejecutar el ataque.

Esencia del Combate con Cargas y Detectores

La esencia de este tipo de ataque, y defensa, es exponerse lo mínimo posible, impidiendo, o dificultando, la destrucción por parte del rival.

Explotación

Objetivos

-Artillería (cargas teletransportadas) y reservas

-Instalaciones de mando

-Retaguardia flanco de posiciones organizadas

-Zonas importantes del terreno

-Asentamientos armas de destrucción masiva

-Establecer contacto con unidades teletransportadas en el interior de la defensa

Persecución

Las unidades de persecución se despliegan en dos fracciones:

1.-presionar sobre el rival para obligarle a mantener el contacto y obligarle a combatir

2.-realizando el envolvimiento

Objetivos de ataques en retaguardia

Son los mismos que en el combate tipo 1:

contra puestos de mando I.A., o posiciones de baterías de cargas con teletransporte

Roles de Reserva en Ataque

Roles de la reserva en ataque:

-Solucionar imprevistos.

-Explotación del éxito.

-Fuego de apoyo a distancia con los "misiles".

-Enfrentarse a un contraataque.

-Defender flancos de una penetración.

-Reducir ataques a la retaguardia.

Flanqueo al Contraataque

Se puede ejecutar una maniobra de flanqueo a los contraataques rivales, o saltar directamente en su retaguardia.

Saltos Retaguardia

Se puede saltar en la retaguardia rival para impedir una reorganización rival en una nueva línea defensiva.